하루, 띄다

책 만 드 는 집
시인선 236

하루, 띄다

— 김정수 시조집

책만드는집

계절은 떠날 때 더 아름답고 정갈하다. 긴 여운이 남은 산길에 거미가 집 한 채를 반듯하게 지어놓고 떠났다. 그 옆에 게으른 박쥐나무는 여름내 푸른 노래만 부르다 준비 없이 늦가을을 맞아 날개를 파닥거린다. 어쩌면 나의 자화 상일지도 모르겠다. 군더더기 없는 시의 집을 지으려 하지 만, 아직 제자리걸음이다. 언제쯤 물방울처럼 투명하고 단 단한 주춧돌을 놓을까.

김정수

| 차례 |

2부 그늘, 당기다

3부   나무 성자

4부　하루, 띄다

5부 저, 저, 오지랖

1부

쪽빛 내걸다

설치미술을 보다

어린 별 식어갈 즘 어스름 훅 거두어
아침 해 빌려 와서 노천에 축을 세워
기교에 편중 두지 않아 자유로운 연출이다

파도는 큰 바다에 한바다 쓸어다가
모래밭 제멋대로 산더미 쌓아놓고
높바람 간섭하려 들자 거침없이 달려든다

뜨겁게 마디 굵은 억센 손 덥석 잡고
함부로 평하지 마 뭔 말이 필요할까
유쾌한 휘파람 소리 껍데기도 푸르게

배경담

긴 얘기 짧은 시간 화공은 노을 앞에
오히려 여유롭게 말 대신 온몸으로
점묘화 깔끔한 붓질 거침없이 그린다

본 듯한 저 그림의 섬세한 원근법은
구름 숲 산방 지킨 허소치 묵죽일까
낙관을 살피는 사이 화폭 장장 흩어지고

몰랐다 태화강 가 떼까마귀, 춤꾼 얘긴 줄
십 리 숲 푸른 입담 어둠 속에 잠기면
하늘은 말갛게 닦아 쪽빛 한 장 내건다

그녀의 집

― 이선민 작품전

성평등 이십 년째 외치지만 바뀐 게 없어
보장 제도 있으나 마나 육아휴직 쉽지 않아
이공계 연구원 그녀 하루하루 눈치 보다

직장에서 돌아오면 쌓인 일 가득한데
관심 좀 가져달라 엄마 표정 보는 아기
옷가지 다려야 할 것, 우유병들 나뒹군다

조간신문 일 면에 펼쳐놓은 대서특필
출산율 눈요기만 떠돌이 헛팔매질
경단녀* 눈물 닦아줄 다시 써야 할 젠더다

* 경력 단절 여성.

햇살 아래

산바람 목청 높여 산수유 얼른 깨워

우물쩍하지 말라 늦으면 다 놓칠라

매서운 일침에 놀라 샛노랗게 귀 연다

외솔기념관 재개관식

흰 장갑 손에 끼고 오색 끈 자르던 날
번쩍인 가위 너머 잠시 생각 잠깁니다
울산은 미리 알았을까 소년 외솔 재목 됨을

빛의 강약 파장들로 응달진 곳 살펴가며
꺾일 때 굴하지 않고 지켜낸 한글입니다
얼 말 글 어울림 큰 뜻 늦게나마 알게 되어

은회색 두루마기 입으신 단정함에
발걸음 멈추고서 두 손 가만 모읍니다
당신이 살다 간 땅에 솔 한 그루 더 푸름을

해오름

휘어진 수평선을 재단사가 돌리면

촘촘히 박음질한 야무진 솔기마다

한 땀씩 붉게 터질 때 바다 절절 끓는다

저울추 자리 찾다

식육점 주인 청년 고기 툭 올린 순간
정확한 범위 안에 멈춰 선 눈금 자리
손대중 노련한 칼질 예감으로 꽂힌다

넘쳐서 덜어내고 모자라서 채우면
풀렸던 추 하나가 과부하 짊어낼 때
외바늘 중량을 재며 이리저리 요동치다

헤아림 수도 없이 진자 운동 거듭했을
무게 짐 내려놓고 재확인 필요할 때
질량은 변치 않는다고 바람결에 전한다

칠월의 싸리꽃

무더위 얕은 잠을 헐겁게 내던지고
아침 이슬 굴려가며 털어낸 산언저리
풀방석 비스듬히 앉아 단막극 보고 있다

수시로 선홍빛을 꽃보라 바꿔가며
한 여자 목 잠기듯 퇴장하는 어정칠월
푸른 숲 관중석 일어나 박수갈채 쏟는다

아침 줄타기

눈도장 찍다 말고 번지점프 추락할 때
후닥닥 고개 돌려 모른 척 무심한 척
한없이 작아진 당신 너무 보기 안쓰러워

통신망 시장마다 문 닫혀 사늘한데
내던진 도전장은 어디로 가야 하나
이력서 고열로 누워 타이레놀 타령만

밤사이 보챈 바람 산등선 넘어간 뒤
밝아온 새날 아침 햇살 가방 옆에 끼고
출근길 보폭 큰 걸음 양어깨도 가볍다

수수꽃다리

노부부 칼국숫집 사월의 어느 날에

미루다 금혼식 날 간소한 늦은 결혼

꽃가게 미스킴라일락 진보라 화관 씌워주네!

덮어주다

멧새 부부 신혼집 갈기갈기 헐리고
얼마 전 알에서 깬 어린 새끼 누운 자리
까닭을 모른 비파나무 해거름에 졸고 있다

고양이 서문이의 본능은 어찌 못 해
무너진 어미 가슴 눈물도 말라붙어
죽지에 미처 못 꺼낸 현, 끊어져서 애가 탄다

케페우스 눈썹 아래 포근히 묻어주고
덧칠된 어둠 끌고 집 안을 들어설 때
낯익은 현관 센서 등 얼른 나와 반긴다

양말 짝짝이

반복적 덤벙거림 갈수록 되풀이다
바쁘다 그런 핑계 구차한 변명 싫어
아무튼 서부렁섭적 이래저래 편하게

꼼꼼히 살피는 건 정말이지 숨 막혀
이참에 뉴 스타일 뉴 모드라 말할까
양면성 어느 쪽이든 나름대로 편하게

사명암 꽃담에 기대어

수행자 솜씨인가 속가 부모 섬기듯

황토 한 층 기와 한 층 온 마음 쌓아 올려

적막을 앉힌 겹무늬 지지 않는 꽃이다

2부

그늘, 당기다

멈춤이 필요해

지독한 손전화 병 고쳐 정말 고쳐질까

유혹의 굴레 갈등 마음먹기 달렸지만

당신을 외면하기엔 너무 멀리 와있네!

바둑 두는 동강

때늦은 폭설 더미 산간 마을 얼어붙어
인터넷 두드려도 정지된 깜빡이뿐
햇감자 첫 출하 막혀 밤낮으로 헤매다

흑백의 형세 판단 청년 이장 뚝심 보소
밀고 당긴 한 수 아래 먹구름 허물어져
밤새워 산길 달려온 야단법석 택배 차

도로 위 가득 메운 고삐 풀린 진풍경
얼음장 허실 부실 쩡쩡 쩍 녹아내려
동강에 어름치 겪지 막판 승부 뒤집기다

함께라면

얼마나 쓸쓸한가 호젓한 느낌부터
쇼윈도 비친 모습 스치듯 바라보며
저렇게 혼자 가는 길 굽이굽이 막막해

낯선 땅 귀퉁이 혹은 비바람 궂은 날
덜컹덜컹 흔들려도 나란히 둘이라면
서로가 기댈 수 있어 그대 반은 내 삶이지

자귀꽃

우리 둘 사귈까요 그 남자 말을 걸 때

쌀쌀맞게 고개 돌려 붉어진 얼굴빛이

지난날 나를 본 듯해 멋쩍어서 웃는다

외솔 기억하다

이 계절 촉촉하게 봄비가 다녀간 뒤
벚꽃 망울 타닥타닥 하얗게 피워놓고
방문객 반갑게 맞아 향기까지 전한다

동상 앞 고개 숙여 잠시 머문 두 어르신
계단에 마주 앉아 옛 추억 더듬는다
쪼매만 자랑해 보자 여기 놀던 마당 아이가

근동 인심 좋기로 외솔 집 소문났제
뭐라카노 병영 하면 큰사람 태어난 것 맞다
짚었던 지팡이 흔들며 울산 퍼뜩 놀러 오소

안개

봄 산이 목욕할 때 꽃샘바람 왜 저러지

자꾸만 감실금실 하얀 커튼 들춘다

발그레 꼭 다문 입술 곁눈으로 훔쳐보며

하얀 거짓말

고깃배 매어두고 휘파람 날린 사람
무심히 마중 나온 바람을 돌려세우고
엉뚱한 생각 깊어져 칠흑 바다 나간다

에우로페 납치해 간 흰 황소 제우스처럼
속이 확 뚫리도록 파도를 가르다가
탑등대 눈 부릅뜨자 항구 쪽을 달려온다

독신으로 살겠다는 그 말 너무 포장했어
노총각 어촌계장 왜 속을 감췄을까
찻집에 여자 친구와 커피콩을 볶고 있네

그늘, 당기다

봄 경계 마루에서 여름 맞는 나무들은
제자리 들썩대며 허리를 곧추세워
이파리 그물코 꿰어 재빠르게 덧대 짠다

강어귀 왔다 갔다 미끼도 하나 없이
투망을 잡고 서서 수위 낮길 기다려
툭 던져 끌어 올리는데 정오 한참 빠져나가

돌멩이 걸린 추가 무게를 가늠 못 해
여유의 그늘 줄을 잡았다 놓았다가
바위틈 물길 사이로 길게 늘여 당긴다

은밀한 별자리

초저녁 큰개자리 옮겨 밝힌 남쪽에
엄청난 점선 도형 기하학적 동물 궁
깔끔한 호모 파베르 엉뚱 맞은 목수다

다스린 황소자리 천천히 달아올라
통나무 모자 쓰고 바닥 버린 신발 끌며
빈 수레 허공 길 위에 바퀴 없이 굴린다

나선은하 큰곰자리 독특한 집합체로
고리로 결연시킨 일곱 개 북두성北斗星들
아무도 갖지 못하는 하늘 밤의 음계다

시월 가네

노을에 내 그림자 가만히 보듬으면
지난날 밑돌 받쳐 돌다리 건너왔던
푸르던 두 어깨마저 어느 사이 기울었다

가을 산 숲 사이로 바쁘게 들어서면
바람이 물감 풀어 슥슥 삭 환칠하다
참억새 하얀 붓 하나 내 손에 쥐여주고

헌 신발 벗어두고 안부 총총 물어본 뒤
돌아서 손 흔들며 가뿐한 걸음으로
생략된 간다는 말 대신 찬물 소리 거둬 간다

눈 오는 서운암

바람이 솔가지를 세차게 흔듭니다
서둘러 가는 걸음 하얗게 미끄러져
비발디 사계의 겨울, 1악장을 듣습니다

고도의 함박눈이 현을 켜고 옵니다
느리게 사박사박 편하게 쌓인 소리
영축산 푸른 솔 겨울, 2악장을 듣습니다

티끌도 덮어놓아 번잡하지 않습니다
처마 끝 부드러운 풍경이 고요해서
마음을 잔잔히 모아 경건하게 맞습니다

여우비

뙤약볕 그 속으로 재촉해 온 한 사람
휙 돌아 마당 안쪽 알알이 석류 세다
고요히 날숨 들숨에 걸음나비 옮긴다

까무룩 잊었는데 괄호 안에 있었나 봐
그 어떤 감성일까 뛰는 가슴 억누르며
떠나는 그대 뒷모습 바보처럼 또 본다

3부

나무 성자

파도

그리움 뒤로하고 숨길수록 더 부푸는

무동 탄 돌개바람 내달려도 보는 아침

몽돌밭 와락 안았다 깍짓손을 풀며 가네

나무 성자

하늘로 닿기 위해 빈 어둠 더듬었던
소나무 뿌리들은 이젠 무얼 하려나
베어져 자유마저도 밑동에서 토막 난 채

지난날 품위 있던 풍경 아직 선한데
흘리는 송진 눈물 마지막 땅의 의식
어쩌면 비명도 없이 저렇게나 침묵일까

산비탈 가득 메워 눈부처 지운 자리
가진 것 아낌없이 비워서 더 가벼운
산개미 톱밥 하얗게 가는 행렬 장엄하다

삶은 길이다

가을 감 붉게 익혀 나누어 갈 이 없어
서리에 몽땅 주고 혼자서 아파하며
허공 속 마른 꿈들도 희미하게 지워갈 즘

까르르 아이 웃음 고목*은 귀가 번쩍
한층 더 따사롭게 도타운 가을볕에
자서전 붉은 서체로 주렁주렁 걸어놓은

혹독한 무명 시절 헛되지는 않아서
하늘을 받쳐 이고 지극히 섬긴 자리
그 마음 깊어진 쪽빛 갓길에서 돌아와

* 천연기념물 제492호 백곡리 감나무.

섭국을 끓이다

때로는 매운 속을 풀어야 편안하지
바쁜 손 뻔질나게 도마 소리 요란하다
선택한 어느 길에도 평범하긴 쉽지 않아

가난도 비단 가난 칠성이 큰집 아재
줄 잡고 간당간당 처음 섭을 따던 날
갯바위 아침 풍경이 아슴아슴 비친다

얼큰한 맛에 끌려 조심성이 부족해
앗 뜨거 미끄러져 놓치지 않으려다
김 서린 국그릇 세례 삼도 화상 아니야

탑돌이

씨 뿌리지 않았어도 마음밭 묵은 잡초

하나하나 뽑아내며 새벽까지 정진하다

자부룩 이랑 넘길 때 먼동 훤히 터온다

불시착

어물전 주인 여자 안반짝 엉덩이로

점심밥 먹으려고 철퍼덕 앉은 찰나

거꾸로 내리박히면서 방귀 소리 요란하다

화산골化山谷 우체국

봄바람 집배원은 향기마저 배달한다

그 흔한 안부 글씨 생략해도 가슴 환한

정향꽃 한 가방 챙겨 페달 연신 밟으며

구문口文*

어시장 경매 끝난 파장에 뒷거래는

수화로 전하다가 마지막 눈빛으로

현금불 신사임당 지폐 뽑아 들자 낙찰이다

* 흥정을 붙여주고 그 대가로 받는 돈.

50

봄볕 한 상

주문은 생략한 채 반웃음 차려놓고

참햇살 자작자작 냉잇국을 끓여 내며

생바람 별난 걸음도 한풀 꺾여 휘어진다

그림자에게

자신의 존재감을 아무렇게 팽개친 채
따라 하기 좋아하는 어둠을 걸친 그대
후련히 혼자 일어설 그런 꿈도 있었겠지

평범한 사이지만 떼려야 뗄 수 없다
비 내린 외등 아래 큰 우산 받쳐주며
모두가 잠든 밤길에 서로 발이 젖었다고

초승달

땅거미 자리 펴는 동궁 월지 어귀 돌다

물속에 잠겨있는 반쪽 괄호 문득 보네

맑은 눈 선한 웃음에 무딘 가슴 뛰게 하는

울음을 씻는 바다

열두 척 배 띄워라 명량대첩 뜨거운 함성

울돌목 앞에 서면 명치끝 아려온다

오늘도 가앙강수월래 붉은 울음 씻는 바다

커피

번지는 이국 내음 어디 가나 마법 같다

너도나도 맛에 끌려 못 끊는 이 중독성,

먼 나라 가까운 나라 지구 안팎 덥히는

4부

하루, 띄다

윤장대輪藏臺를 돌리다

한곳에 머문 것은 떠나기 위한 시간
덥석 잡은 낯선 손 소리로 굴러가서
처연히 자는 물고기 덩그렇게 불러내어

겹처마 섬세하게 모루단청 새기다
하나로 소멸하여 소리로 다가와서
단단한 삐거덕 리듬, 꼭짓점에 흐르고

산등선 나무들은 현자의 울림처럼
팔 벌려 여유롭게 하늘을 받쳐 들면
급하게 서둘지 않고 활자 얹어 읽는다

하루, 띄다

그 어떤 갑갑함도 너스레 떨다 보면
특별할 것 하나 없어 예사롭고 수월해
센 고집 내세우지 말기 처방대로 믿고서

까마득 놓쳐버릴 비문법 글귀 따위
생뚱맞아 지적하면 중립에 삭둑 잘려
뜨겁게 오르는 온도 왼쪽으로 기울지

벗어난 경계에서도 그러나 중요치 않아
비로소 돌아온 길 여백을 채운 자리
바람이 나답게 살기, 건네는 말 정겹다

이월 끝자락

선잠 깬 산 도랑물 봄소식 받아 읽고

베리끝* 휘돌아 와 태화강 잠시 쉴 때

십리대 마디마디 열어 피리 소리 물소리

* '벼룻길'의 방언.

숲, 말의 향기

애초에 어느 쪽도 기울지 않는다고
나무가 바람의 길 귓속말 나직하게
타인들 눈치 보지 말고 본래대로 그냥 해

발밑의 여린 풀꽃 마음껏 멋을 낼 때
제 할 일 미뤄두고 새잎 눈 다독다독
주위를 살펴가면서 너그럽게 기다린다

먼나무 손짓하는 그늘에 들어서면
덧칠된 설명이나 이유 묻지 않아도
긴 문장 간결한 서사 아는 만큼 보았다고

착각

막낼까 졸음 깨운 인기척에 문을 열자

차가운 겨울비에 목 시린 낙수 소리

뭉개진 돌부처처럼 밤하늘을 바라본다

꾸미는 풍경

햇살이 들불 놓아 잔설을 녹여주면

몰래 살짝 건너려다 발목 젖은 땅버들

투명한 물거울 속에 신방 곱게 차린다

태화강 둑길 따라

강물은 버들 구름 품어 오다 두고 가네

누구와 입 맞췄나 어젯밤 달빛 아래

저것 봐 능청스럽게 시치미만 뚝 뗀다

물오리 떼

쪼르르 엄마 따라 물구나무 그만두고

햇살 한 입 베 물다 빙그르 도돌이표

기우뚱 물갈퀴 너머 숯빛 머리 온음표

형산강 어귀에서

노모가 기다리는 푸른 물 강촌 너머
생각 갈피 못 잡고 미로 걷듯 맴돌아
허투루 떠돌면서도 먼발치서 바라봤지

이렇게 늦게 와서 한나절 앉아 쉬면
손 작은 그 아이가 잡던 재첩 반짝이고
반가운 파랑새와도 가만 눈길 맞추지

겁 없이 펴 든 날개 그런 건 광기일 뿐
유령의 행렬 같은 멈춰 선 길 위에서
바다로 너 떠나는데 나 옛집으로 돌아갈까

봄, 맛 캐다

꼬리표 으레 따른 세-바람 변덕쟁이
한 마음 들이치다 내치다 제멋대로
꽃망울 하하 웃는 꼴 못 보겠다 저 시샘

그러나 햇살밭에 민들레 까치나물
서둘러 봄 밥상을 정갈하게 차리다
진달래 한 가지 꺾어 고명으로 꽂는다

시간의 둘레
– 외솔 생가에서

흙 담장 기대서서 시선 간 안채 마당
격자문 칸칸마다 초침도 멈춰있다
더 감길 태엽 있다면 덧대어서 풀고 싶은

고요히 심지 올린 흰 목련 밝힌 등불
화려하지 않으면서 눈부신 걸음이란
찬 겨울 눈 비 바람을 견뎌옴이 아닐까

흙 마당 하얗도록 무심히 내린 저녁
그림씨 감탄사의 꽃잎 무게 잴 수 없어
채움은 마무리 시작 비워내는 향기다

청라언덕 오르며

한없이 뻗어나간 생각은 역방향을
갈래머리 땋아 늘인 여고생 한 무더기
어디서 합창하는 듯 환청으로 들린다

붉은 담 계단마다 담아둔 이야기들
한 시대 재조명한 근대화 자취 따라
노랫말 흥얼거리며 신이 나서 부르다

조금 전 헤어졌던 낮달 너와 마주쳐
앞서거니 뒤서거니 늘쩡늘쩡 걸으며
담쟁이 푸른 수인사 헤어짐이 아쉬워

5부

저, 저, 오지랖

봄비

밤사이 마른 숲을 몰래몰래 밟고 와서

잠자는 나무 관절 조금씩 짚어주고

겨울옷 벗어 씻어라 실개울로 불러낸다

생강꽃 눈 뜨다

동박새 이른 봄날 불 지핀 노란 문장

차조밥 모락모락 고봉 담은 저 내음

다람쥐 제 꼬리 다듬다 군침 꿀꺽 눈 반짝

이끼를 읽다

스스로 깊숙하게 갇혀도 보고 싶다
철없는 햇볕보다 살붙이 물가 찾아
산기슭 잘박한 등을 평평하게 다져가

설계한 맞춤형 집 폭신한 융단까지
함께할 이웃들과 소소한 정을 나눠
물바람 날라다 주는 유전 내림 이야기

막힘도 소통으로 둥글게 풀어가면
낱말의 씨앗 톡톡 시작한 발화점에
돌마루 포근히 꽂힌 푸른 신간 정갈하다

바람 뒤에서

소나기 훑고 간 후 더 높은 하늘 아래

젖어서 외려 환한 꽃이파리 손짓에

내 마음 따라가다 그만 두 눈 꼬옥 감을밖에

저, 저, 오지랖

봄바람 성급하게 차 문 열고 오르다
투명한 문틈 새로 발뒤축 덜컹 끼어
부러진 뼈가 없다는 건 가슴을 쓸 일이야

꽃 소식 북쪽 배송 내달려 가다 말고
구슬땀 훔쳐대며 주제넘게 참견하다
도착지 영서 지방까지 때맞추어 가려나

아차차 늦었다며 민얼굴 불콰해져
당차게 가속페달 시간 맞춘 신바람에
산수유 요금소에서 노란 카드 좍 긋는다

유한의 소멸 속으로

기와집 양도받아 허물다가 발견한
'대각 미역 수므두단 서월양반 외상갑'*
서툰 글 낡은 장부 위로 소금꽃이 피고 졌다

깊이 둔 곳 시간 멈춰 애태움 많은 날들
신개발 꿈틀 그린 돌담 낮은 한울마을
정이월 미역밭 할매 어디에서 뭘 할까

곽藿바위 모르는 채 그 자리 덤덤하게
큰 파도 억지투정 잠재워 들어주며
생미역 짭조름한 내음 갯바람에 날린다

* 대각 미역 스물두 단 서울 양반 외상값.

꽃피는 바다

한 공간 못 머물고 언제나 진행형을
미처 감추지도 보여주지도 않으면서
때로는 해무 속으로 떠돌기만 했었지

발길질 아득한 곳 여기까지 닿기 위해
바람의 불협화음 가슴으로 받아치다
시퍼런 매질까지도 끌어안고 뒹굴지

수평선 몰고 와서 모래톱에 부려놓고
꿀잠 든 갯바위에 소금꽃도 일깨워
수없이 피고 지면서 꽃씨 한 톨 둔 적 없다

빈 논의 하다

바람이 매파처럼 쉬쉬대며 은밀하게
여기서 뭉게뭉게 한발 건너 더 부풀려
혼자만 알고 있으라며 퍼뜨리는 소문 뭐니

산비탈 달빛 밟기 갔다 온 걸 저 난리야
꿈 많던 젊은 한때 들뜬 마음 없을까
지난날 나를 본 듯해 왼손으로 턱을 괸다

발랄한 얼레지*씨 제 흥인 줄 알면서
시침 뚝 깔끔하게 화려한 옷 차려입고
비껴쓴 보랏빛 모자 발걸음이 가볍다

* 꽃말은 '바람난 여인'.

노처녀 사설

서문시장 원단가게 당당한 쉰 살 그녀

제 짝지 자로 재며 아직 찾는 중이란다

세상을 다 재고서도 배필 하나 못 찾아

별이 된 너

밤하늘 저 별 하나 너라 믿고 싶어서

잠깐씩 조금 세게 젖은 눈 반짝이는

굿바이 밤길 조심해 돌부리에 넘어질라

울산 개운포 이야기

불새* 떼 모여들어 저녁밥 먹고 간 뒤
깊숙이 바라보며 저만치 돌섬에서
처용은 감감무소식 소금쩍에 바람만

어둠을 득음하고 먼 길 온 둥근달이
공연히 부추기어 대낮처럼 밝혀놓고
빈 배에 파도를 불러 춤사위도 후끈하다

* '노을'의 방언.

입말 글말

상현달 저 혼자서 영월寧月을 가다 말고
먹먹한 갈바람역 환승이면 어때서
오르막 고샅길 따라 푸른 광고 읽는다

필사한 간결체들 깊은 샘 뿌리 언어
시간과 공간 제약 벗어난 강한 울림
아무리 두드려져도 넘침도 모자람도

소리는 우주 하나 자모음 훈민정음
이토록 과거에서 미래로 뻗어나갈
입체적 한글 돋움체 어울림이 또한 미학

고요한 쉼표

물 맑은 강변 마을 쏘가리 어탕 죽집
한 터전 잡고 살며 말 아낀 목 긴 여인
입소문 문자로 날려 붐벼오는 차량들

밀물로 출렁대다 썰물로 빠져 가면
키 낮은 풀밭 위로 바쁜 마음 내려놓고
빈 들판 은결 속으로 혼자만의 시간이다

저렇게 한가로운 두둥실 구름이야
절룩절룩 건너가는 여름날의 펼친 풍경
하늘가 동동팔월이 저만치쯤 가고 있다

* 모네의 그림 〈버드나무 밑의 모네 부인〉을 보고.

외솔 고향에서 시조로 길어 올린
소담스러운 이야기
– 시조 미학의 극치, 김정수 시조론

김슬옹 세종국어문화원 원장

시조로 외솔 정신을 이어가는 어느 시인 이야기

이제 울산시는 한글도시로 우뚝 섰다. 매해 한글날 특별 행사 규모가 문체부 전체 한글 예산보다도 많다. 세종국어문화원은 벌써 6회째 한글날 기념 외솔 최현배 선생 기리기 학술대회를 열고 있다. 학술대회 긴 시간 동안 단 한 치의 흐트러짐 없이 다소곳이 앉아 발표를 경청하는 이가 있었다. 바로 울산이 낳은 시조시인 김정수 작가였다. 시조 작가라는 사실을 알아서였을까? 단아한 자태가 수수하면서도 아름다운 시조 그 자체였다.

외솔 최현배는 워낙 큰 국어학자, 한글 운동가이다 보니 아주 뛰어난 시조 작가라는 것을 미처 생각하지 못하는 이들이 많다. 외솔이 남긴 「한힌샘 스승님을 생각함」 시조는 열두 수, 「나날의 살이」는 네 수, 「사철」은 여덟 수, 「공부」는 세 수, 「해방」은 한 수짜리로 모두 스물여덟 수나 된다. 대표 연시 「한힌샘 스승님을 생각함 - 가신 지 열다섯 해에」를 읽노라면 한글학자가 아니라 시조 작가에 가깝다는 생각이 들 정도이다.

외솔기념관은 2023년에 재개관식을 열었다. 2010년 개관한 지 13년 만이다. 재개관식에 참석한 김 작가의 작품을 읽어보면 울산에서 외솔 정신으로 살아가는 작가의 정신이 고스란히 느껴진다.

흰 장갑 손에 끼고 오색 끈 자르던 날
번쩍인 가위 너머 잠시 생각 잠깁니다
울산은 미리 알았을까 소년 외솔 재목 됨을

빛의 강약 파장들로 웅달진 곳 살펴가며
꺾일 때 굴하지 않고 지켜낸 한글입니다
얼 말 글 어울림 큰 뜻 늦게나마 알게 되어

은회색 두루마기 입으신 단정함에
발걸음 멈추고서 두 손 가만 모읍니다

당신이 살다 간 땅에 솔 한 그루 더 푸름을
　－「외솔기념관 재개관식」 전문

　얼 말 글 정신을 오로지 한결같이 이어가겠다는 올곧은 정신
으로 최현배는 '외솔'이란 호로 다짐을 거듭했다. 외솔의 외솔
정신을 시인은 "당신이 살다 간 땅에 솔 한 그루 더 푸름을"이
라고 외솔다움의 문장으로 갈무리를 하고 있다.
　내용 여부를 떠나 시조를 꾸준히 이어간다는 것 자체가 외솔
다움이다. 그래서 「외솔 기억하다」라는 작품이 나왔을 것이다.

　이 계절 촉촉하게 봄비가 다녀간 뒤
　벚꽃 망울 타닥타닥 하얗게 피워놓고
　방문객 반갑게 맞아 향기까지 전한다

　동상 앞 고개 숙여 잠시 머문 두 어르신
　계단에 마주 앉아 옛 추억 더듬는다
　쪼매만 자랑해 보자 여기 놀던 마당 아이가

　근동 인심 좋기로 외솔 집 소문났제
　뭐라카노 병영 하면 큰사람 태어난 것 맞다
　짚었던 지팡이 흔들며 울산 퍼뜩 놀러 오소

－「외솔 기억하다」 전문

　울산 병영이 낳은 큰 인물을 노래하는 시조의 언어 물결은
소담스럽다. 그러나 속삭이듯 던지는 시조 한 구절, "울산 퍼뜩
놀러 오소"에 퍼뜩 놀러 가고 싶은 속내가 물결친다.
　《한글새소식》 613호(2023년 9월호)에는 「입말 글말 듣다」라
는 김 작가의 작품이 소담스레 실려 있다. 이 시조집에는 '입말
글말'이라는 제목으로 실었다.

　　상현달 저 혼자서 영월滿月을 가다 말고
　　먹먹한 갈바람역 환승이면 어때서
　　오르막 고샅길 따라 푸른 광고 읽는다

　　필사한 간결체들 깊은 샘 뿌리 언어
　　시간과 공간 제약 벗어난 강한 울림
　　아무리 두드려져도 넘침도 모자람도

　　소리는 우주 하나 자모음 훈민정음
　　이토록 과거에서 미래로 뻗어나갈
　　입체적 한글 돋움체 어울림이 또한 미학
　　－「입말 글말」 전문

'입말'은 입으로 말, '글말'은 글로 말, '입말, 글말', 이렇게 쉬운 말을 지식인들은 '구어, 문어'라고 뇌까리지만 금방 다가오는 말은 역시 토박이말이다. 소곤소곤 소곤대는 말에도 우주가 담겨 있다. 그 말을 담은 문자 또한 우주다. 필자는 "입체적 한글 돋움체 어울림이 또한 미학"이라는 종장 글귀에 한글학자로서 외솔의 뜻을 잇는 학자로서 온몸이 우주로 떠올랐다.

흔히 한글은 과학적인 문자라고 한다. 그러나 이 말은 반은 맞고 반은 틀렸다. 과학의 문자이기도 하고 철학의 문자이기도 하다. 그냥 우주 문자라고 해두자. 중요한 것은 과학적이면서 철학적인 문자이기에 더욱 가치가 있다는 것이다. 과학과 철학은 언제 어디서나 누구에게나 적용되는 보편성의 가치를 지니고 있다. 세종이 한글에 그런 보편 원리를 부여한 것은 하늘(우주)과 사람을 하나로 보는 사람다움의 가치를 위해서였고 실제 그런 문자가 되었다.

그러한 보편적 원리는 소리와 문자에 동시에 적용되어 그야말로 소리가 문자가 되고 문자가 소리가 되는 소리문자, 음소문자의 이상을 실현하게 되었다. 『훈민정음해례본』「정인지서」의 첫 문장은 "천지자연의 소리가 있으면 천지자연의 문자가 있다"라는 말이다. 곧 천지자연의 이치인 천지인 삼태극, 음양오행 원리가 소리와 문자 모두에 담겨 있다고 보았다. 실제 소리 이치를 따져 거기에 맞는 문자를 만들었으니 과학의 문자가 되었고 철학의 문자도 되었다.

한글은 자음에는 작은 우주(몸)를 담았고 모음에는 거대한 우주를 담았다. 그래서 자음은 숨의 원리에 따라 발음기관 또는 발음하는 모양을 본떠 만들었고, 모음은 숨기운의 바탕인 천지자연의 우주를 담아 하늘과 땅과 사람을 본떴다. '하늘, 땅, 사람'은 삼재 또는 삼태극으로 흔히 음양오행 동양철학 원리라고 한다.

숨은 허파에서 비롯된다. '허-' 하면 들숨, '파-' 하면 날숨, 그래서 허파라고 한 것이다. 이렇게 숨을 쉬면서 생명을 유지하고 말을 한다. 세종은 바로 말소리의 이러한 가장 근본 이치를 관찰하고 그것을 반영한 문자를 만들었다. 허파에서 숨이 나와 목구멍을 거쳐 어금니, 혀와 이를 거쳐 입술을 통해 숨이 나오는데 그 차례대로 상형 기본자 'ㅇ, ㄱ, ㄴ, ㅅ, ㅁ' 다섯 자를 만들었다. 거기에 소리가 더 세지는 원리에 따라 가획자 아홉 자를 만들고, 가획 원리는 같지만 소리가 더 세지는 것이 아닌 특별 가획자 이른바 이체자인 '옛이응(ㆁ), 리을(ㄹ), 반시옷(ㅿ)'을 만들었다. 이렇게 자음자는 말소리를 내는 발음기관의 모양과 그 움직임을 정확히 관찰하고 분석하여 만든 과학의 결과물이다.

모음 기본 상형자는 '하늘(ㆍ), 땅(ㅡ), 사람(ㅣ)'의 모양을 본

떴다. ㆍ는 양성, ㅡ는 음성, ㅣ는 양음(중성)을 뜻하는데, 이것은 양성(밝은 소리)은 양성끼리 음성(어두운 소리)은 음성끼리 어울리는 우리말의 특성을 나타내기 위해서였다.

이렇게 한글이 뛰어난 것은 한글은 과학적이면서 실용적으로 설계되었기 때문이다. 일단 자음과 모음이 발음 나는 방식이 다르므로 전혀 다른 모양으로 설계하되 점과 원과 직선만으로 디자인했다.

자음은 발음기관 어딘가에 닿으면서 나오기 때문에 닿는 곳의 모양이나 상태를 본떠 만들었다. 그래서 입 모양, 이 모양, 목구멍 모양을 본떠 각각 'ㅁ, ㅅ, ㅇ'을 만들고, 혀끝이 윗잇몸에 닿는 'ㄴ', 혀뿌리가 목구멍을 막는 모양 'ㄱ', 다섯 자를 만들었다. 다섯 자를 바탕으로 같은 자리에 나되 소리가 다른 글자들은 획을 더하는 방식으로 만드니 자음 전체 짜임새가 잘 짜이게 되었다.

모음은 입 모양, 혀 모양, 목구멍 상태 등 여러 요인에 의해 결정되기 때문에 특정 발음기관을 본뜰 수 없었고 그래서 세종은 일단 하늘과 땅과 사람들 본뜬 'ㆍ, ㅡ, ㅣ'를 만든 다음 합성하는 방식으로 글자를 확장했다. 하늘과 땅과 사람을 본뜬 것이 과학은 아니지만, 자음자와 다른 방식으로 만든 것 자체는 매우 합리적이었다. 천지인 기본 세 자를 합쳐 단모음 'ㅗ, ㅏ, ㅜ, ㅓ', 이중모음 'ㅛ, ㅑ, ㅠ, ㅕ'를 만들었는데 이러한 여덟 자에는 우리말의 특성이 그대로 담기게 했다. 원래 우리말에는 음양의 기운이 있어 그것을 반영하여 15세기에는 양성모음은 점을 위와 바깥쪽으로 찍어 'ㅗ, ㅛ, ㅏ, ㅑ'와 같이 합성했고, 음성모음은 아래와 안쪽으로 점을 찍어 'ㅜ, ㅠ, ㅓ, ㅕ'를 만들었다. 자음 모음 모두 간결하면서도 뚜렷하게 구별되어 읽기 쉽고 쓰기 쉬운 글자가 되었다. 그래서 'ㅎ'을 고정한 가운데 모음만 90도씩 틀면 '호, 하, 후, 허'가 생성된다. '호호하하후후허허' 웃어봄직하지 않은가.

이렇게 한글이 과학적으로 짜여 있다 보니 '공꽁콩, 불뿔풀, 정쩡청'과 같이 소리와 글자가 짜임새 있게 대응되는 말과 글이 연출된다. 기계가 소리를 알아듣는 인공지능 등에서도 한글은 여지없이 두각을 나타내고 있다.

김 시인이 "입체적 한글 돋움체 어울림"이라고 했듯이 한글은 어울림의 문자이다. 우주를 품은 문자, 그 바탕인 우리말의 멋까지를 잘 담았다.

조용히 드러나는 지역 토박이말들

서울말도 서울 방언이지만 우쭐대는 표준어에 밀려난 방언은 더욱 방언스럽고 사투리스럽다. 그렇다고 대놓고 지역 방언을 쓸 수는 없지만, 문학에서의 방언 사용은 굴레가 없다. 그래서일까. 많은 어휘가 나오지는 않지만, 시인이 사용한 방언의 숨결은 고즈넉하면서도 힘이 세다.

불새 떼 모여들어 저녁밥 먹고 간 뒤
깊숙이 바라보며 저만치 돌섬에서
처용은 감감무소식 소금쩍에 바람만

어둠을 득음하고 먼 길 온 둥근달이
공연히 부추기어 대낮처럼 밝혀놓고
빈 배에 파도를 불러 춤사위도 후끈하다
―「울산 개운포 이야기」 전문

'불새'는 노을의 방언이다. '노을'이라는 말을 썼다면 이런 시조는 아예 나올 꿈도 못 꾸었을 것이다. 노을 무리는 정말 불새 떼 같다. 뜨겁게 사라져 갈 새라서 아름다울수록 처연한 느낌을 줄까? 노을은 사라져 가지만, 다시 나타나기에 그나마 무덤덤한 느낌으로 다가올 때가 많다.

울산은 처용의 고장이다. 아니, 처용은 울산의 상징이다. 대표적인 공업도시지만 처용암 바다 풍경은 늘 평화롭다. 세찬 파도가 밀려와도 처용신 때문인지 거대한 노랫가락으로 들린다. 처용은 신라 말 49대 헌강왕 때 울산 개운포 앞바다의 처용암에서 나타난 동해 용의 아들로, 신라인들에게 호국 사상을 심어주고 무언가 힘을 불어넣어 주는 정신적 지주로 등장한 인물이다. 「처용가」에서 처용은 당시 나라 최고의 적이라 할 수 있는 역병을 용서와 관용으로 물리치는 주인공으로, 사회 병폐를 관용과 배려와 화합으로 풀어가는 인물로 그려져 있다. 둥근달 아래 처용암의 파도를 "춤사위"로 묘사한 시인의 탁월한 묘사력에 무릎을 절로 치게 된다.

「처용가」는 우리의 대표적인 고대 문학작품이다. 그런 처용의 고장이라 그런지 울산은 문인인 오영수 외에도 서덕출, 최현배, 박상지, 박종우, 송석하, 이기원 등 많은 문인을 배출했다. 나는 그 반열에 당연히 김정수 시조시인을 넣어야 한다고 감히 「처용가」를 사랑하는 이들에게 말하고 싶다.

홍합을 지역 방언으로는 '섭'이라 한다. 홍합해장국을 끓이는 이웃에 대한 시선이 얼큰하다. 화상 사고는 안쓰럽지만 직접 얼큰한 섭국을 먹는 사람들이 부럽게 다가온다. 시인의 눈에는 일상의 모습이 담담하게 다가오지만, 자세히 들여다보면 시인의 온갖 감정이 녹아 있다.

때로는 매운 속을 풀어야 편안하지
바쁜 손 뻔질나게 도마 소리 요란하다

선택한 어느 길에도 평범하긴 쉽지 않아

가난도 비단 가난 칠성이 큰집 아재
줄 잡고 간당간당 처음 섭을 따던 날
갯바위 아침 풍경이 아슴아슴 비친다

얼큰한 맛에 끌려 조심성이 부족해
앗 뜨거 미끄러져 놓치지 않으려다
김 서린 국그릇 세례 삼도 화상 아니야
　　　―「섭국을 끓이다」 전문

　울산 하면 역시 태화강이다. 태화강은 울산시를 서쪽에서 동쪽으로 가로지르면서 동해안으로 흘러 들어가는 울산의 두드러진 강이다. 신라 선덕여왕 때 자장율사가 태화동에 세웠다는 태화사太和寺 앞으로 흐르기 때문에 '태화강'이라고 부르게 되었다고 전한다.

　선잠 깬 산 도랑물 봄소식 받아 읽고

　베리끝 휘돌아 와 태화강 잠시 쉴 때

십리대 마디마디 열어 피리 소리 물소리
　－「이월 끝자락」 전문

　반구대 암각화 답사를 위해 태화강 가는 긴 길을 걸은 적이
있다. '베리끝'은 '벼룻길'의 방언이다. 시조가 본래 군더더기
없는 문학이지만 김 작가의 시조는 많은 이야기와 생각과 느
낌을 담으면서도 군더더기가 없다. 그래서 더 색깔이 잘 드러
난다.

말하듯 포근한 시조의 운치

　김 작가의 시조는 누구와 편안하게 말을 나누듯 수수하고 차
분한 말의 물결이 밀려온다.

밤하늘 저 별 하나 너라 믿고 싶어서

잠깐씩 조금 세게 젖은 눈 반짝이는

굿바이 밤길 조심해 돌부리에 넘어질라
　－「별이 된 너」 전문

"별이 된 너"에 애틋한 감정이 절절하게 표현되지는 않았지만 그래서 그 감정이 더 절절해 보인다. "돌부리에 넘어질라" 걱정하고 있지만 이미 젖은 눈은 돌부리에 넘어져도 상관없다는 듯 넌지시 방임형 어미(-ㄹ라)로 끝을 맺는다.

그 어떤 갑갑함도 너스레 떨다 보면
특별할 것 하나 없어 예사롭고 수월해
센 고집 내세우지 말기 처방대로 믿고서

까마득 놓쳐버릴 비문법 글귀 따위
생뚱맞아 지적하면 중립에 삭둑 잘려
뜨겁게 오르는 온도 왼쪽으로 기울지

벗어난 경계에서도 그러나 중요치 않아
비로소 돌아온 길 여백을 채운 자리
바람이 나답게 살기, 건네는 말 정겹다
　-「하루, 띄다」전문

작가는 왜 「하루, 띄다」를 표제작으로 정했을까? 하루하루의 일상이 예사로워도 작가의 눈에 비치는 하루하루 일들은 즐

거움과 긴장감 넘치는 사건이 될 수 있다. 그림 그리듯 작가가 이 시조를 쓰게 된 이유가 있다. 사소한 일들이 특별한 느낌으로 다가왔기 때문이 아닐까 한다. 산개울을 건너려고 돌다리를 딛는 순간 흔들흔들 균형을 잃고 물소리와 함께 징검돌이 오른쪽으로 사람은 왼쪽으로 기울었다. "벗어난 경계에서도 그러나 중요치 않아."「하루, 띠다」는 감추어서 보여주기다. 바람의 길목에서 쉬어 가는 정겨운 풍경들이다. 김 작가는 아무렇지 않게 파묻혀 갈 하루하루에 눈에 띄게 또 다른 생명을 불어넣는 마술사다.

시조 미학의 극치 한국어 묘미

솔직히 시인은 많다. 그만큼 시를 즐기고 사랑하는 분들이 많다. 무척 반길 일이다. 그러나 시조시인은 드물다. 그나마 예전에는 국어 교과서에 옛시조가 수월찮게 실려 있어 흥얼흥얼 암기하는 학생들도 많았다. 지금은 교과서에서조차 시조를 만나기 힘들 정도로 사라져 가는 문학이 되었다. 이런 실정이라 오롯이 시조로 시흥을 풀어내는 김 작가가 천연기념물처럼 반갑다.

시조의 대중화는 어려운 것인가? 대중화할 수 있다. 김 작가와 같은 시조시인을 많이 배출해 시조를 즐겨 읽는 이와 창작하는 이들이 많아지게 하면 된다.

시조의 가장 큰 묘미는 운율이 정해져 있다는 것이다. 정해져 있는 만큼 표현이 자유롭지 못하지만 정해진 운율 덕에 일반 자유시와 다른 격조 높은 묘미를 느낄 수 있다. 김 작가의 시조는 시조 미학의 극치다. 왜 그런가 보자.

꼬리표 으레 따른 세-바람 변덕쟁이
한 마음 들이치다 내치다 제멋대로
꽃망울 하하 웃는 꼴 못 보겠다 저 시샘

그러나 햇살밭에 민들레 까치나물
서둘러 봄 밥상을 정갈하게 차리다
진달래 한 가지 꺾어 고명으로 꽂는다
－「봄, 맛 캐다」 전문

일상 대화인 듯하면서도 3·4조 운율이 자연스럽게 드러나고 종장 둘째 음보 "하하 웃는 꼴"은 자연스러우면서도 다섯 자의 묘미가 하하 웃음 짓게 한다.

서문시장 원단가게 당당한 쉰 살 그녀

제 짝지 자로 재며 아직 찾는 중이란다

세상을 다 재고서도 배필 하나 못 찾아
　－「노처녀 사설」전문

　종장의 "세상을 다 재고서도 배필 하나 못 찾아"는 일반 문장 같은 줄임표가 없지만 생략된 마지막 표현에서 노처녀에 대한 애틋함이 묻어나는 묘미가 있다.

한없이 뻗어나간 생각은 역방향을
갈래머리 땋아 늘인 여고생 한 무더기
어디서 합창하는 듯 환청으로 들린다

붉은 담 계단마다 담아둔 이야기들
한 시대 재조명한 근대화 자취 따라
노랫말 흥얼거리며 신이 나서 부르다

조금 전 헤어졌던 낮달 너와 마주쳐
앞서거니 뒤서거니 늘쩡늘쩡 걸으며
담쟁이 푸른 수인사 헤어짐이 아쉬워

-「청라언덕 오르며」전문

이 시조에서는 "늘쩡늘쩡", 곧 느슨한 태도로 느리게 쉬엄쉬엄 행동하는 모양을 뜻하는 흉내말이 앞서거니 뒤서거니 하는 풍경을 그려내 마치 그런 발자국 소리가 들리듯 시조의 흐름을 확 드러내 주고 있다.

외솔은 빼어난 시조시인이지만 워낙 큰 봉우리의 학자라 그런지 시조 작품은 크게 드러나지 않았다. 그러나 김정수 작가의 시조 작품을 보고 있으면 시조시인으로서의 외솔은 김정수 작가로 다시 태어난 듯싶다. 울산이 한글도시를 지향하지만, 한글에 담길 값진 말이 없으면 어찌 한글이 빛이 날까? 김정수 작가의 맛깔스러운 말이 한글로 빛이 나듯 울산은 시조 문학의 본고장이 되어야 할 것 같다.

입에 착착 달라붙는 언어 마술, 한국어 마술, 삼태극의 조화

시조는 15세기 한글 창제 이전에 생긴 문학이다. 시조창으로도 많이 불렸다. 한글 집이 없었을 때는 허공을 맴돌다가 한글이라는 글집이 생기면서 글말로 적히고 다시 더 널리 노래로 불렸다.

4음보 3장 가락 속에 한국어가 담기다 보니 한국어 형식미가 새롭게 드러난다. 김 시인의 시조는 한국어 마술을 부리듯 더욱 그런 점이 도드라진다.

  동박새 이른 봄날 불 지핀 노란 문장

  차조밥 모락모락 고봉 담은 저 내음

  다람쥐 제 꼬리 다듬다 군침 꿀꺽 눈 반짝
  ―「생강꽃 눈 뜨다」 전문

  말하듯 속삭이면서도 간결한 명사 단위 나열로 표현의 묘미를 극대화하고 있다. 그야말로 읽을수록 입에 착착 달라붙는다. 뜻의 펼침이 끝나지 않은 듯한 문장의 묘미로 번져 끝내 뜻이 입에서 마음으로 날아오른다.

  스스로 깊숙하게 갇혀도 보고 싶다
  철없는 햇볕보다 살붙이 물가 찾아
  산기슭 잘박한 등을 평평하게 다져가

  설계한 맞춤형 집 폭신한 융단까지

함께할 이웃들과 소소한 정을 나눠
물바람 날라다 주는 유전 내림 이야기

막힘도 소통으로 둥글게 풀어가면
낱말의 씨앗 톡톡 시작한 발화점에
돌마루 포근히 꽂힌 푸른 신간 정갈하다
　-「이끼를 읽다」 전문

　　김 시인의 시조는 단시조에서 더욱 빛나는 듯하지만, 연시조
는 연시조대로 리듬과 말결이 살아 톡톡 튄다. 「이끼를 읽다」
는 초장·중장·종장이 삼태극 삼박자를 빚어내고 그것은 다시
1연, 2연, 3연 삼태극 삼박자로 뻗어나가, 고요하게 하고 싶은
이야기들을 쏟아내어 감성들을 깊숙이 뿌리내리게 한다.

한 공간 못 머물고 언제나 진행형을
미처 감추지도 보여주지도 않으면서
때로는 해무 속으로 떠돌기만 했었지

발길질 아득한 곳 여기까지 닿기 위해
바람의 불협화음 가슴으로 받아치다
시퍼런 매질까지도 끌어안고 뒹굴지

수평선 몰고 와서 모래톱에 부려놓고

꿀잠 든 갯바위에 소금꽃도 일깨워

수없이 피고 지면서 꽃씨 한 톨 둔 적 없다

　　　-「꽃피는 바다」전문

　시인의 연시조는 삼박자 삼태극의 묘미라고 필자가 감탄하는 이유다.「꽃피는 바다」, 수만 년의 인류의 표현 욕구가 잠들어 꿈틀거리는 반구대 옆에서 살아가는 시인이라서 그런가, 수세기 오고 가는 누천년 흔적들이 현대 한국말의 숨결로 다시 살아나고 있다. 천년을 이어갈 문장이고 숨결이고 누구나 따라 부르고 싶은 시조의 노랫결이다.

시조처럼 한결같은 그 모습

　시조의 오랜 역사를 더듬어보면 시조는 세종의 한글 창제, 반포 덕에 더 큰 집을 짓고 더 큰 나래를 펴왔다. 고려가요는 한글 덕에 기록되기만 했지만 고려 말에 생긴 시조는 한글로 적히면서 더욱 널리 창작되고 때로는 노래로 때로는 붓으로 성별에 관계없이 신분에 관계없이 은근히 그 멋을 뽐내고 향기를

풍겨왔다.

2019년 외솔 문학 전집이 나왔을 때 더욱 반가워했던 이가 김정수 작가이다. 국어학자로서의 외솔을 누구보다 잘 알고 한결같이 흠모해 온 김 작가이지만 겉으로 티는 안 냈어도 문학인으로서의 외솔을 더욱 반기지 않았을까?

시조를 유달리 좋아하고 직접 명시조를 남기기도 했던 외솔, 그 또한 한글 사랑이요 우리말 사랑이었다. 울산 외솔회의 기둥으로 외솔 정신을 널리 알리는 데 앞장서고 있는 김정수 작가의 세 번째 시조집이 시조 향기를 더욱 널리 퍼뜨려 모두가 시조에 취해보는 소중한 징검다리가 되기를 빌어본다.

하루, 띠다

—

초판 1쇄 2024년 2월 13일
지은이 김정수
펴낸이 김영재
펴낸곳 책만드는집

—

주소 서울 마포구 양화로3길 99, 4층 (04022)
전화 3142-1585·6
팩스 336-8908
전자우편 chaekjip@naver.com
출판등록 1994년 1월 13일 제10-927호
ⓒ 김정수, 2024

—

—

ISBN 978-89-7944-861-0 (04810)
ISBN 978-89-7944-354-7 (세트)